W9-CJC-501

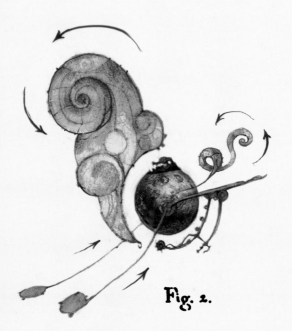

Fig. 2.

Fig. 3.

Fig. 5.

Fig. 6.

MARY RILEY STYLES PUBLIC LIBRARY
120 NORTH VIRGINIA AVENUE
FALLS CHURCH, VA 22046
(703) 248-5030

La rápida transformación del Clíper Luna de barco a luna.

Las grandes mariposas lunares

La familia

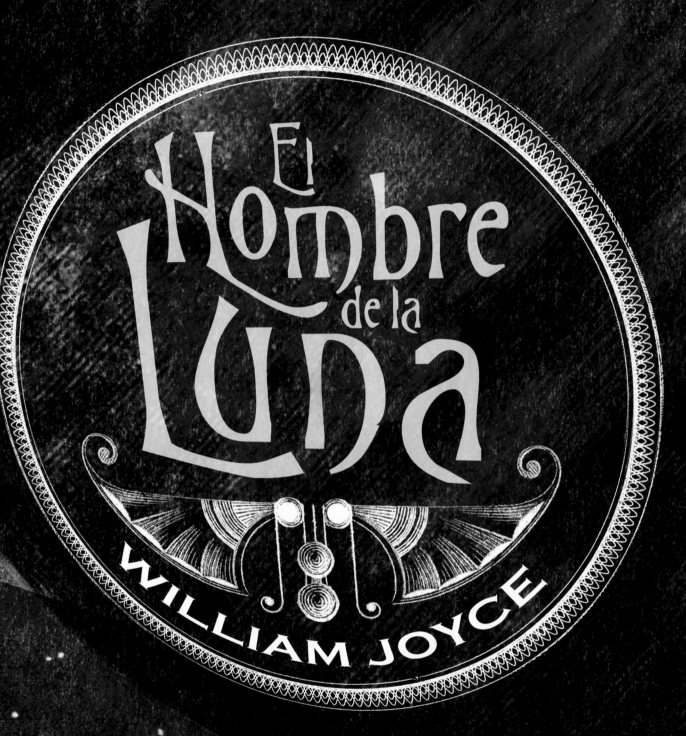

El Hombre de la Luna

WILLIAM JOYCE

Traducción de Bel Olid

COMBEL

CREADOR DE SUEÑOS

HL

HADA DE LOS DIENTES

JACK ESCARCHA

S. CLAUS

CONEJO DE PASCUA

Es evidente que ya conocéis a los guardianes de la infancia.

Les conocéis desde antes de tener memoria y les conoceréis hasta que vuestros recuerdos sean como el crepúsculo: Santa Claus, el Hada de los Dientes, el Creador de Sueños, el Conejo de Pascua y los demás. Pero antes fue el Hombre de la Luna.

Hace mucho, mucho tiempo que el Hombre de la Luna empezó su viaje. Fue durante la Edad de Oro, una época espléndida llena de esperanza y de felicidad y de sueños que pueden hacerse realidad.

Cuando era un bebé, el Hombre de la Luna tenía todo lo que podía necesitar. Su padre le enseñaba las maravillas del cielo con su telescopio y los lunabots silbaban alegremente «piiip piiip» a todas la naves que pasaban. A la luz de los gusanos de luz gigantes, su madre le leía el *Manual de los planetas*, mientras los lunatones se mandaban callar los unos a los otros para poder escucharla, también. Y tenía un amigo muy fiel que se llamaba Luz Nocturna, que le cuidaba. Juntos navegaban entre planetas tranquilos con su hermosa nave, el *Clíper Luna*.

El *Clíper Luna* estaba pensado para que, por las noches, se convirtiese en una luna, de modo que Luz Nocturna llamaba al niño HL, el Hombrecito de la Luna.

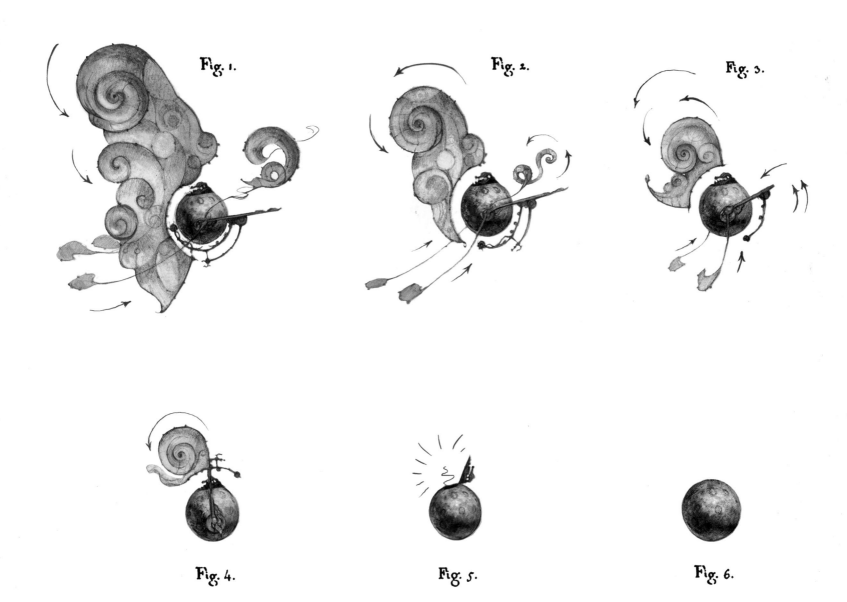

Fig. 1.

Fig. 2.

Fig. 3.

Fig. 4.

Fig. 5.

Fig. 6.

Luz Nocturna no dormía nunca, y todas las noches rociaba a HL con polvo de sueños y le cantaba una nana:

Luz Nocturna, al mando,

dulces sueños te dará.

Duerme tranquilo, soñando.

Para siempre brillará.

Y como Luz Nocturna le cuidaba, HL no tenía pesadillas.

Pero llegaron las tinieblas a la Edad del Oro. Llegaron con la forma cambiante de Sombra, el Rey de las Pesadillas. Había oído hablar del niño que nunca había tenido ni una pesadilla. Y eso no podía tolerarlo. Así que se prometió apropiarse del niño y convertirlo en Príncipe de las Pesadillas. Sombra, buscando a HL, navegó con su *Galeón de las Pesadillas* sobre oleadas de miedo, saqueando planetas, apagando estrellas y hundiendo todas las naves que se cruzaban en su camino.

Los padres de HL conocían un lugar perfecto para esconderse: un pequeño planeta ignoto, azul y verde, en una galaxia lejana. Se llamaba Tierra y no tenía luna. El *Clíper Luna* se deslizaba en el silencio más absoluto y se alejaba rápidamente de la oscuridad de Sombra.

De repente, entre la penumbra, apareció el *Galeón de las Pesadillas*. Estaba tan cerca que HL veía a Sombra en pie, en la proa.

—¿Piiip piiip? —preguntó el niño.

—¿Dónde está ese niño tan inocente que no ha tenido nunca una pesadilla? —preguntó Sombra, mirando fijamente a HL.

Y entonces dio la señal de ataque.

Los padres de HL ordenaron a Luz Nocturna que se llevase al niño
a una habitación secreta que estaba escondida en los túneles más oscuros
de la nave.

—Pero antes tienes que arrodillarte y prestar esta promesa —le dijeron.
Sus voces se elevaron entre el humo y las llamas ardientes:

Cuida a nuestro hijo. Guíale para que no se acerque a los caminos del mal.
Que tenga el corazón feliz, el alma valiente y las mejillas rosadas.
Guarda con tu vida sus esperanzas y sus sueños,
porque es lo único que tenemos, lo único que somos,
y lo único que llegaremos a ser.

La batalla sacudía al *Clíper Luna* mientras Luz Nocturna corría
para llevar a HL a un lugar seguro. Vio una lágrima de miedo en
la mejilla del niño, que estaba asustado; la cogió
y se la acercó al corazón. Repitió la promesa
con fuerza. Entonces sintió una punzada
aguda; la lágrima se había convertido en
un diamante brillante, más afilado
que una daga.

—Piensa en mí cuando sueñes
—le murmuró a HL antes de salir volando
a enfrentarse con Sombra.

No se había visto nunca una batalla como aquella en todas las galaxias. Los padres de HL y la tripulación lucharon con coraje, pero al final fueron vencidos. Capturaron a los padres de HL y todo parecía perdido.

Luz Nocturna sabía qué tenía que hacer. ¡No podía permitir que HL se convirtiese en el Príncipe de las Pesadillas, fuera cual fuera el precio! Con la daga de diamante en alto, Luz Nocturna voló hacia delante, valiente. Apuntó con el arma al corazón de Sombra. Hubo una luz deslumbrante y, después, ¡una gran explosión!

Cuando se hubo calmado todo, HL subió gateando a la superficie.

—¿Piiip piiip? —murmuró. Sus padres no respondieron.

Miró a su alrededor. Sombra y su galeón habían desaparecido. Habían volado por los aires el hermoso casco del *Clíper Luna*. Ahora no era más que una luna y no volvería a navegar.

—¿Piiip? —gritó otra vez, y escuchó con atención. De nuevo no halló respuesta.

Finalmente, miró al cielo.

Vio un grupo de estrellas nuevas que brillaban sobre él. Las miró fijamente hasta que estuvo seguro. Eran su padre y su madre. Muy lejos, pero estaban ahí.

Pero ¿qué había pasado con el noble Luz Nocturna? El niño vio una estrella fugaz, brillante como el polvo de sueños, que caía sobre la Tierra.

Lentamente los lunabots, los lunatones y los gusanos de luz gigantes que quedaban rodearon a HL. Solamente sabía decir «piiip piiip», así que lo dijo muchas veces. Con sumo cuidado levantaron a HL y le llevaron por los túneles de la Luna. El niño miraba hacia el cielo y saludaba con la mano, mirando con tristeza la constelación de sus padres.

Ahora era el Hombre de la Luna de verdad.

HL encontraba un gran consuelo en su nueva vida. Todas las noches, una mariposa lunar le llevaba a dar una vuelta a la Luna a lomos de su cuerpo suave y aterciopelado. Se quedaba despierto hasta que veía la constelación de sus padres. Entonces se dormía y soñaba con Luz Nocturna y su dulce Edad de Oro.

Fue pasando el tiempo y la Luna era para el niño como un patio de juegos del tamaño de un planeta. Había tan poca gravedad que con un pequeño salto podía saltarse la montaña más alta. Tras un largo día de aventuras, ¡la cena siempre era una delicia!

¡Helado lunar! ¡Sorpresa de cometa! ¡Zumo de nectarina espacial! Y todas las comidas se hacían a la luz de los bancos de peces estrella que atravesaban nadando el cielo del atardecer.

Paseando por los túneles de la Luna, el joven HL descubrió el manual que le leía su madre. En el libro encontró algo que había olvidado completamente: ¡el pequeño planeta azul y verde! Corrió hacia el telescopio de su padre. Mientras se asomaba a él, recordó aquella estrella fugaz que había caído en la Tierra. Pero lo que encontró no fue a Luz Nocturna.

—¡En la Tierra hay niños! —exclamó.

Pasaron los años y el Hombre de la Luna dejó de ser un niño.

Sus nuevos amigos de la Tierra estaban muy, muy lejos, pero los globos que perdían a menudo llegaban volando a la luna. HL descubrió que, si se los acercaba al oído, oía las esperanzas y los sueños de los niños que los habían perdido. Escuchaba atentamente. Pronto tuvo una colección entera de globos perdidos.

HL se dio cuenta de que a veces los niños solamente necesitaban un juguete o un caramelo o un premio o un sueño dulce o un buen cuento para ponerse contentos.

Así que HL miró a la Tierra y escudriñó cimas tan lejanas que estaban cubiertas por las nubes. Encontró un gran creador de juguetes que fabricaría juguetes para los niños, un conejo majestuoso que les daría huevos de chocolate y un hada del reino de Punjam Hy Loo que les dejaría regalos debajo de la almohada. Incluso encontró, en una isla arenosa muy lejana, un hombrecito dormilón que parecía que sabía todo lo que se podía saber sobre los sueños. Y, finalmente, HL les llevó a los niños de la Tierra una señora encantadora que les contaría cuentos.

Pero, a pesar de toda la alegría que HL llevó a la Tierra, había algo que no había podido cambiar: los niños seguían temiendo a la oscuridad. A pesar de que no había rastro de Sombra ni de sus hombres de las pesadillas, HL sabía que los niños seguían teniendo pesadillas. Y, después de tanto tiempo, él todavía no había tenido ninguna. HL creía que, cuando se hiciera mayor, lo sabría todo, pero, como es natural, no fue así. «Eso de crecer es muy complicado», se decía. Todos los días escuchaba a los globos perdidos y miraba a los niños por el telescopio, y se preguntaba cómo podía ayudarles.

Ojalá pudiese encontrarles un amigo como Luz Nocturna, pensaba.

Y así, con lo pensativo que iba y recordando a su amigo, HL le dio una patada a una piedra, y luego otra, y dejó al descubierto un montón de arena muy brillante. Se detuvo y la miró. ¡Le recordaba al polvo con que le rociaba Luz Nocturna cuando era un bebé!

HL se rio solo y siguió apartando piedras. Tenía una idea.

Pronto los lunabots y los lunatones también se pusieron a dar patadas a las piedras. Cuando los lunatones estaban tan cansados que casi no podían mantener la cola erguida y los lunabots estaban tan hechos polvo que casi no podían moverse, HL llamaba al fabricante de juguetes y al conejo, al hada y a los demás que vivían en la Tierra para que subieran volando y le echasen una mano. Y luego, al final, cuando todo el mundo estaba tan cansado que no tenía fuerzas ni para quejarse, el Hombre de la Luna sonreía y llamaba a las mariposas lunares.

La arena brillante había convertido a la Luna en cien veces más brillante. «¡Ahora, los niños de la Tierra verán la cara sonriente de la Luna y sabrán que cuentan con Luz Nocturna, que les cuidará para siempre!», se dijo HL. Y por un momento las estrellas lejanas de su madre y su padre destellaron con más fuerza que nunca. HL se puso a cantar. Era una canción antigua, una canción amada, y todos se le unieron:

Luz Nocturna, al mando,
dulces sueños te dará.
Duerme tranquilo, soñando.
Para siempre brillará.

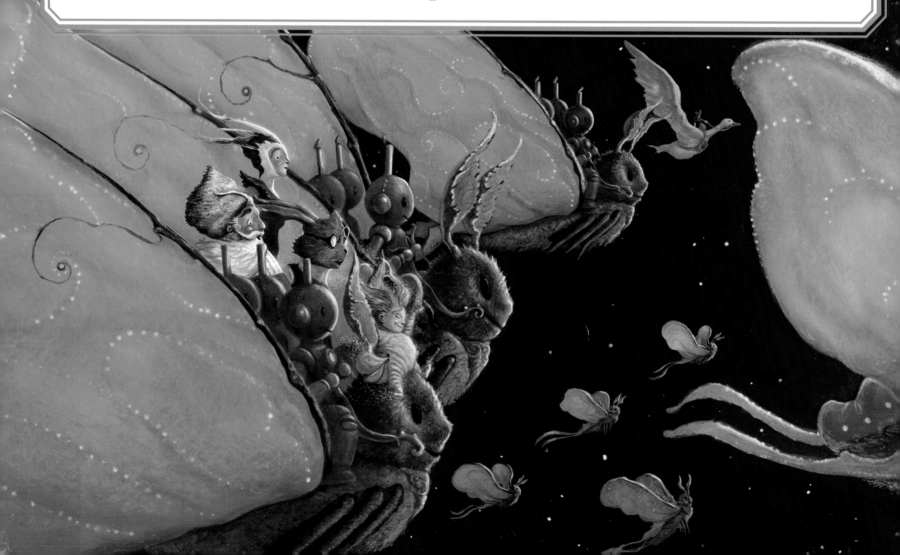

El Hombre de la Luna supo entonces que podía ser el guardián de los niños de la Tierra, igual que Luz Nocturna había sido su guardián hacía mucho tiempo. Pero necesitaría ayuda.

Así que los reunió a todos.

—A ver, amigos —dijo—, arrodillaos y haced esta promesa.

Se parecía mucho a la que había prestado Luz Nocturna hacía mucho tiempo, y ahora sería su promesa:

Cuidaremos a los niños de la Tierra.
Les guiaremos para que no se acerquen a los caminos del mal.
Que tengan el corazón feliz, el alma valiente y las mejillas rosadas.
Guardaremos con nuestra vida sus esperanzas y sus sueños,
porque son lo único que tenemos, lo único que somos,
y lo único que llegaremos a ser.

Y así empezaron los Guardianes de la Infancia.

Y, para los niños de la Tierra, la noche no volvió a ser tan oscura como antes.

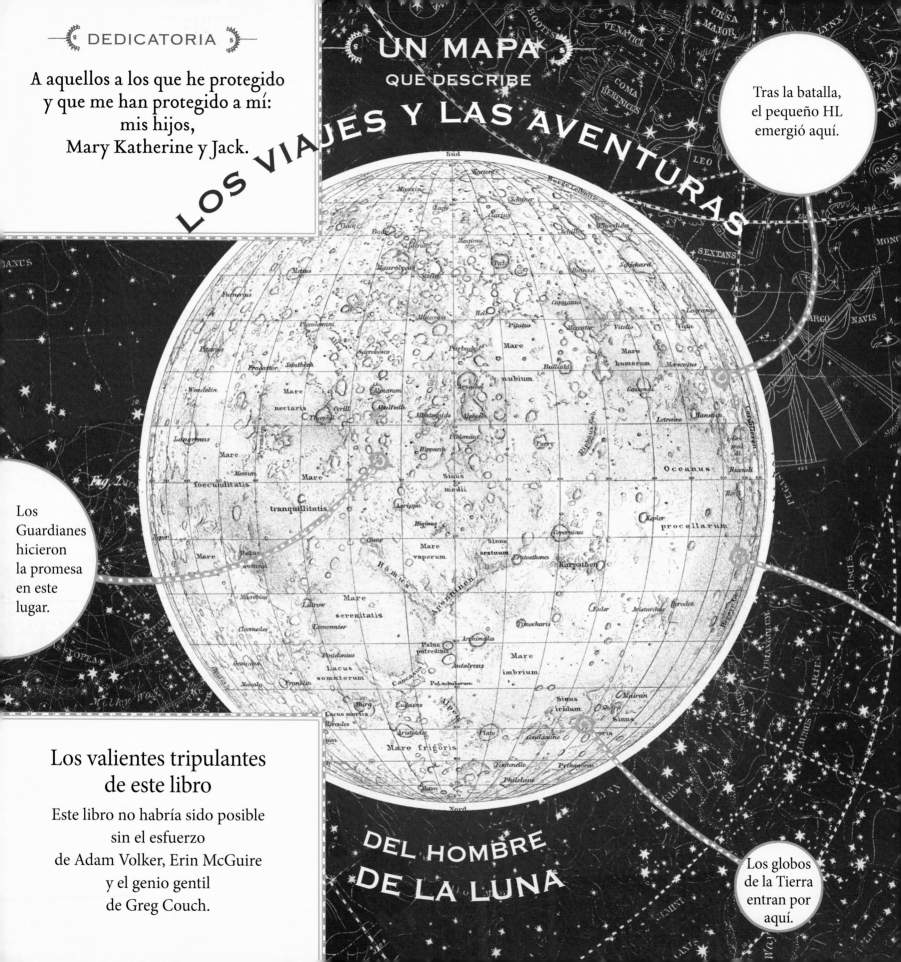

DEDICATORIA

A aquellos a los que he protegido
y que me han protegido a mí:
mis hijos,
Mary Katherine y Jack.

UN MAPA
QUE DESCRIBE
LOS VIAJES Y LAS AVENTURAS

Tras la batalla,
el pequeño HL
emergió aquí.

Los
Guardianes
hicieron
la promesa
en este
lugar.

**Los valientes tripulantes
de este libro**

Este libro no habría sido posible
sin el esfuerzo
de Adam Volker, Erin McGuire
y el genio gentil
de Greg Couch.

DEL HOMBRE
DE LA LUNA

Los globos
de la Tierra
entran por
aquí.

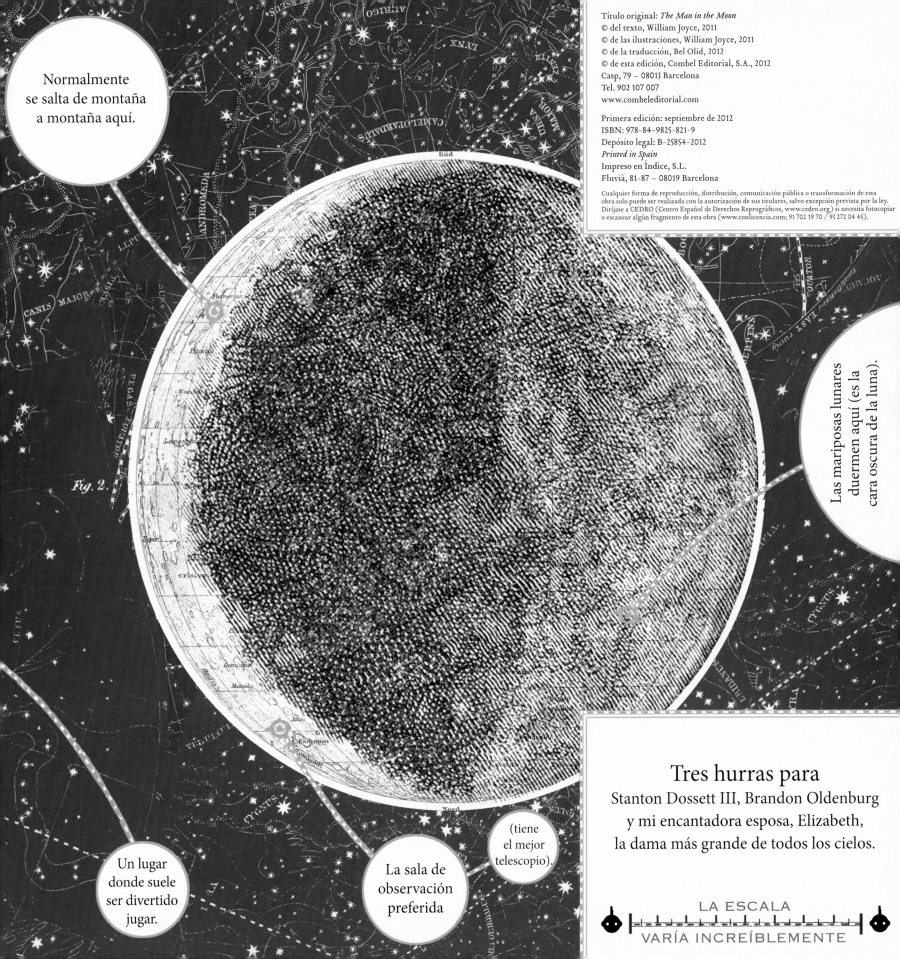

Normalmente
se salta de montaña
a montaña aquí.

Las mariposas lunares
duermen aquí (es la
cara oscura de la luna).

Un lugar
donde suele
ser divertido
jugar.

La sala de
observación
preferida

(tiene
el mejor
telescopio).

Título original: *The Man in the Moon*
© del texto, William Joyce, 2011
© de las ilustraciones, William Joyce, 2011
© de la traducción, Bel Old, 2012
© de esta edición, Combel Editorial, S.A., 2012
Casp, 79 – 08013 Barcelona
Tel. 902 107 007
www.combeleditorial.com

Primera edición: septiembre de 2012
ISBN: 978-84-9825-821-9
Depósito legal: B-25854-2012
Printed in Spain
Impreso en Índice, S.L.
Fluvià, 81-87 – 08019 Barcelona

Cualquier forma de reproducción, distribución, comunicación pública o transformación de esta obra solo puede ser realizada con la autorización de sus titulares, salvo excepción prevista por la ley. Diríjase a CEDRO (Centro Español de Derechos Reprográficos, www.cedro.org) si necesita fotocopiar o escanear algún fragmento de esta obra (www.conlicencia.com; 91 702 19 70 / 93 272 04 45).

Tres hurras para
Stanton Dossett III, Brandon Oldenburg
y mi encantadora esposa, Elizabeth,
la dama más grande de todos los cielos.

LA ESCALA
VARÍA INCREÍBLEMENTE

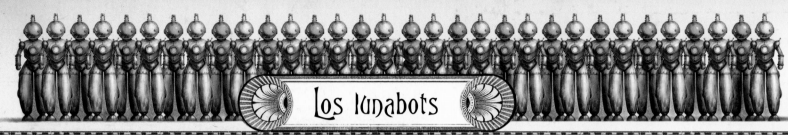

El Clíper Luna

a toda vela

La obra de arte más hermosa
de la Edad de Oro

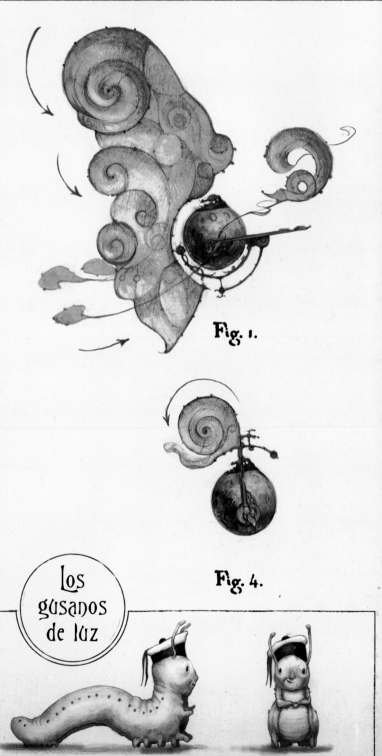

Fig. 1.

Fig. 4.

Los
gusanos
de luz